mil. sept. cent. quatre vingt

1780 EN 1829,

OU LE MINISTÈRE

WELLINGTON-POLIGNAC.

Par Berthelot de Pellet,

1780 EN 1829,

OU LE MINISTÈRE

WELLINGTON-POLIGNAC,

A-Propos en Vers et en trois Chants;

PAR CÉSAR B***

A PARIS,
CHEZ TOUS LES LIBRAIRES.

A LYON,
CHEZ BARON, LIBRAIRE,
ET TOUS LES MARCHANDS DE NOUVEAUTÉS.

1829.

PRÉFACE.

Rome et l'Angleterre, puisqu'il est vrai que nous devons à leurs intrigues le ministère Polignac, Rome et l'Angleterre ont fait une lourde bévue. M. de Polignac avait essayé de capter la Nation par des paroles mielleuses, et ses actes n'avaient pas répondu à ses discours ; le peu de franchise du système suivi par ce ministre, le retrait des lois communales et départementales, avaient prouvé à la France que le pouvoir se défiait d'elle, qu'il était disposé à lui disputer, pied à pied, le terrain des libertés, et qu'il ne cédait que ce qu'il ne pouvait plus retenir. Ils avaient vivement blessé notre France ; son affliction était profonde, mais elle était calme ; seulement, espérant tout de ses

Députés, elle semblait attacher un regard fixe sur la session prochaine, et ce regard était énergique. Les ennemis de l'intérieur le comprirent ; ils sentirent que leur pouvoir expirerait devant la Chambre de 1830 ; avides de domination, et peu instruits par les leçons du passé, ils osèrent rêver le renversement de nos institutions, et l'un des leurs dit hautement dans une lettre fameuse : Nous sommes quarante mille à vos ordres, parlez, nous marcherons. Un lion qui dort, et qu'éveille en passant près de lui un corbeau criard, lève la paupière, regarde l'ennemi, et la referme. Voilà ce que fit la France.

L'absolutisme prit le calme pour le découragement et le repos pour la stupeur. Rome avait à venger le refus d'une lettre, exhumation d'un autre siècle, qui traînait à sa suite des fagots et des bourreaux, ombre chinoise d'un autre âge dont les vêtemens passés de mode chez nous ne reprendront pas faveur. Wellington, les yeux sur l'Orient, tremblait de voir la France se mêler de la querelle, au moment où le fameux *statu quo* va peut-être changer ; où toutes les nations de l'Europe sont peut-être appelées à partager les dépouilles des ennemis de la Russie ; Wellington sentit de quelle importance il était pour l'Angleterre de détourner les regards de la France du théâtre de la guerre. Il se souvint de l'Irlande, et il pensa avec raison qu'un peuple qui s'agite au dedans pour sa liberté, ne s'occupe pas des affaires du dehors.

Alors Rome avec ses prétentions, l'Angleterre avec sa jalousie, quelques ultras avec leurs rêves d'absolutisme, se liguèrent ensemble contre nous, Polignac arriva, et avec lui Labourdonnaye, Courvoisier et Bourmont, ou, en d'autres termes, l'amour du sang, le jésuitisme et la trahison. Hommes d'une autre époque, Pygmées politiques, ils venaient essayer de fausser nos institutions.... Eux !... Mais alors aussi, le lion qui dormait s'éveilla; il leva la tête, fit entendre un long cri et regarda ses ennemis en face. Ce regard les pétrifia et ils ne furent plus à craindre. Ils croyaient trouver des esclaves, ils trouvèrent des hommes, et tous leurs plans furent soudain renversés.

Maintenant que veulent-ils ? Végéter quelques jours, et se retirer avec douze mille francs de pension : voilà à quoi leur ambition doit se borner.

Que feront-ils pendant ces quelques jours ? Rien, ou du moins ils l'ignorent encore ; ils n'ont pas de plan ; sans volonté, comme sans appui et sans force, ils seront entraînés par les circonstances ; ils seront impuissans pour faire le mal, parce qu'ils ne sont que quarante mille, et que nous sommes trente millions ; et si, par erreur, ils voulaient faire quelque bien, on les repousserait, parce que leurs noms n'inspirent ni respect, ni confiance.

Quant à nous, jeunes Français, ne désespérons pas de nos destinées. Ni craints, ni aimés, ces ministres d'un jour tomberont de faiblesse et d'inertie, sans bruit et sans effort; et ces vers échappés aujourd'hui à ma plume, et imprimés demain, arriveront peut-être trop tard pour les trouver encore au poste où ils se trouvent déjà mal à leur aise.

CHANT I.

Qu'il tombe! dit la France..... à cette voix puissante,
Brusquement renversé d'un char triomphateur,
De Villèle, en pleurant, de sa main défaillante,
Avait vu s'échapper un pouvoir oppresseur.

Le ciel devenait pur; la riante espérance
Sur les maux du passé rassurait l'avenir,
Et les chansons du peuple avaient flétri d'avance
L'affreux triumvirat qui venait de finir.

Aigris par la douleur, brisant de vieilles chaînes
Et chassant de leur sol l'odieux étranger,
Les Grecs avaient trouvé dans la nouvelle Athènes,
Des cœurs pour les chérir, des bras pour les venger.
Les flots de l'Orient, après trente ans d'absence,
Étonnés de revoir briller notre étendart,
Apprenaient de Rigny, que notre jeune France
Peut à tous ses héros ajouter un Jean-Bart.
La Commune pleurait son antique franchise;
Mais confiante et sage, elle attendait du tems,
Du tems qui fait la force et du tems qui la brise,
Une part dans les biens qu'elle donne aux puissans;
Et si dans l'univers, une *Sainte-Alliance*
Des peuples eut réglé les destins et les droits,
Le Français eût pu mettre un poids dans la balance
Et dire : JE LE VEUX, dans les congrès des Rois.

Wellington a frémi : la terreur, la surprise,
Semblent livrer son ame au plus affreux transport;
Seul, il erre à pas lents au bord de la Tamise,
Et ses yeux n'osent pas contempler l'autre bord.
» Quel peuple ! se dit-il ; des cohortes sanglantes,
» Que le nord vomissait pour briser son géant,

» A peine il a purgé ses campagnes riantes ,

» Que déjà l'univers et l'admire et l'attend.

» Quoi ! j'ai donc vainement dévasté leurs musées ,

» Fusillé leurs soldats et payé leurs journaux ;

» Ils sortent, sans effort, de mes chaînes usées :

» L'Egypte, quelque jour, reverra leurs drapeaux !

» O mes vieux alliés , sottise , fanatisme,

» Vous qui, pendant dix ans, m'avez si bien servi ,

» Venez, Rome, terreur, misère, obscurantisme ;

» Que ce peuple retombe, à nos lois asservi ! »

Il marchait, et roulant une sombre pensée ,

Il se sent retenir par une main glacée ;

Il s'arrête , il se trouble; un frisson de terreur

Court des pieds à son front et tombe sur son cœur :

« Grand Dieu ! du Luxembourg serait-ce la victime,

» Dont le spectre vengeur à ton ordre s'anime ?

— » Eh ! non, tourne les yeux et calme cet effroi;

» Ne me connais-tu plus ? c'est ton ami, c'est moi. »

Puis , ouvrant le manteau dont l'ampleur l'enveloppe,

Penché vers son oreille, il ajoute tout bas :

» L'absolutisme ; viens , reçois-moi dans tes bras.

» Long-tems je fus absent, j'ai fait mon tour d'Europe ;

» Je suis assez adroit; mes doucereux discours

» Ont endormi le peuple et réveillé les cours.

» Mon ami, tout va bien. J'ai d'abord vu l'Espagne ;

» J'y suivis les Français pendant cette campagne,

» Qui leur fit tant d'honneur et leur coûta si cher.

» Par leurs soins, du clergé la puissance arrondie

» Y change en mine d'or les gouffres de l'enfer ;

» Nos bons saints y sont gras, et le peuple y mendie.

» Lassé par ses efforts, désormais sans vigueur,

» Le Portugal aux pieds de son illustre maître,

» Le laisse dans le sang à loisir se repaître.

» Plus loin, le prêtre-roi, dans sa juste rigueur,

» Pour inspirer au vice un effroi salutaire,

» Place pour sentinelle, autour du sanctuaire,

» Où repose le Dieu de clémence et de paix,

» De la sainte Hermandad les charitables sbires.

» Son orgueil tout chrétien veut des rois pour sujets ;

» Bravant des esprits-forts les dédaigneux sourires,

» Au fond du Vatican, il cherche à rallumer

» De ses foudres éteints l'étincelle mourante.

» L'impassible Allemand, à l'ame indifférente,

» Voit dans un long sommeil se s jours se consumer.

» Il naît, il vit, il meurt dans un froid esclavage;

» C'est un bien qu'à ses fils il lègue en héritage.

» En France, j'ai laissé Villèle en bon chemin,

» Et protecteur zélé de notre sainte cause,

» Il m'offrit en tout tems et sa tête et sa main....

» Peux-tu de ses exploits me conter quelque chose ?

— » Des exploits ! le destin, las de le protéger,

» De chagrins, de dégoûts, se plût à le charger.

» Ils ont impunément calomnié son zèle,

» Ils ont flétri son nom et rejeté ses lois;

» Puis ils l'ont fait tomber..... voilà tous ses exploits ! »

— « Tomber !» — Oui, ce n'est plus cet heureux de Villèle

» Qui, de la nation ministre redouté,

» A fait plus d'une fois pâlir la liberté,

» Et qui d'amis nombreux remplissait ses offices ;

» D'un peuple factieux écoutant les caprices,

» A ses inimitiés ils l'ont sacrifié.

» Des amis déjà gras ont si vite oublié ! »

— « Le peuple ! Et de quel droit, ce vil troupeau d'esclaves

» Ose-t-il calculer le poids de ses entraves ?

» Par quelle sotte erreur, dans son aveuglement,

» Prétend-il se mêler de son gouvernement ?

» Vainement son orgueil à la raison s'allie,

» Sous mon sceptre de fer que sa tête se plie.

» Non , Milord , tout espoir n'est pas encor perdu ,

» Je marche sur Paris , j'y dois être attendu ;

» Car dans son sein encor cette cité recèle

» De Tartuffes , d'Ultras une troupe fidèle.

» Mais si pour m'appuyer vous pouviez machiner » ....

— « Machiner ! un instant , je comprends ton affaire.

» J'ai quelqu'un , sous ma main , que je te veux donner ;

» Et dans ton intérêt on ne saurait mieux faire.

» C'est , de l'avis commun , un grand machinateur ,

» Polignac ! » — « Quel espoir pour nos congréganistes !

» A cet illustre nom vont se doubler leurs listes.

» Je veux moi-même aller réveiller leur ardeur. »

De son ventre , à ces mots , complétant la rondeur ,

Il couvre de bourgeons sa rubiconde face ;

D'un ventru , sur ses traits , la stupidité passe ;

Par le fleuron d'argent son habit est orné ,

Et sur un vieux bâton lourdement incliné ,

Des bords de la Tamise aux rives de la Seine ,

Aussi prompt que l'éclair , sa volonté l'amène.

Aux tours de Notre-Dame attachant son drapeau ,

Il appelle ses fils d'une voix de tonnerre.

Empressés d'accourir à ce péril nouveau,
Tous, ils veulent braver les horreurs de la guerre ;
Jaloux, pour satisfaire à d'orgueilleux désirs,
De pouvoir, près des leurs, se dire les martyrs
D'un culte à qui chacun rend un paisible hommage,
D'un trône respecté que leur tutelle outrage.
Aussitôt, à ses cris, cent ordres clandestins
Vont, en procession, se ranger à la file ;
Trapistes, Capucins, Frères Ignorantins,
Espèce de niais, dont le zèle imbécille
D'honnêtes ouvriers a fait des fainéans.
Après eux sont placés ces gazetiers rampans,
Que l'on voit apportant, écrivains mercenaires,
Un respect de tartuffe aux erreurs de nos pères ;
Tout pétris d'infamie et de méchanceté,
A d'insolens visirs vendre leur plume indigne,
Et faire, sans pudeur, à trente sous la ligne,
Et de la calomnie, et de la piété.

Enfin, aux derniers rangs que leur valeur protége,
S'avance fièrement l'élite du cortége :
Des maires, des préfets commandés par Dudon,
De Conny, Syriès, et Trouvé ce baron,

Qui, prodiguant à tous sa louange importune ,
Poursuit, en mendiant, le char de la fortune.
Courvoisier, par trois fois après s'être signé ,
Pour chasser du démon la maligne influence ,
Nourrissant dans son cœur une sainte espérance,
Des Martyrs Lyonnais marchait accompagné.
Fidèle partisan des disciples d'Ignace ,
Il est à son soleil sous leur noir étendart ;
Dans son vaste savoir souvent il s'embarrasse ,
Et diplomate usé moins qu'orateur bavard ,
Possède au dernier point , dans son pieux délire ,
Le merveilleux talent de parler sans rien dire.

Sous l'énorme chapeau d'un frère Ignorantin,
De Montbel , vers les cieux levant un œil benin ,
Prêtait à de Chabrol une main secourable ;
Il se crut de retour au tems heureux pour lui ,
Où d'un pouvoir flétri du nom de déplorable ,
Il était le client, le prôneur et l'appui.
Cet homme dont l'œil jette une sinistre flamme ,
Quel est-il ? d'où lui vient ce sourire infernal ?
Demandez à Poitiers... L'écho du tribunal
Redit encor ces mots qui révèlent son ame :

Si j'étais compétent !.... L'échafaud, le trépas,
Menaçant des héros vieillis dans les combats,
Allaient couvrir de deuil la France encor sanglante....
Et lui, voulait hâter la mort des vieux soldats.
Des bourreaux, à son gré, la hache était trop lente !...

Ce tribun du moment, furibond orateur,
Orateur jacobin, dont le nom seul effraie,
Ce prôneur du vieux tems, l'ultrà Labourdonnaie,
S'avance fièrement, méditant en son cœur
Des beaux jours de Marat les sanguinaires fêtes,
Et sur les libéraux, pour jeter la terreur,
Demande seulement trente-sept mille têtes.
Le dernier, et toujours tout prêt à déserter,
Bourmont, pour se montrer, attendait la victoire.

Mais déjà de Mont-Rouge on touche au territoire :
« C'est ici, dit le dieu, qu'il faut nous arrêter,
» Amis, on peut dans l'ombre y conspirer sans crainte ;
» Aux mystères long-temps ces murs accoutumés,
» Garderont à jamais vos secrets enfermés,
» Et l'ombre de Fortis veille sur cette enceinte.
» D'une cause sacrée invincibles héros,
» Oui, nous venons enfin au secours de la France ;

» C'en est fait de la *Charte* et de l'indépendance ,

» Si vous voulez sortir d'un indigne repos.

» Déjà des libéraux la secte furibonde

» Croyait voir sous ses pieds nos fronts s'humilier ;

» Mais Wellington nous aime et le ciel nous seconde....

» Un martyr que sa Grâce a créé chevalier ,

» Pour combattre avec nous , de Londres nous arrive ,

» Et peut-être , voguant de l'une à l'autre rive ,

» Pour entrer dans le port attend notre signal.

» Qu'il monte , en débarquant , sur un char triomphal !

» L'ennemi dans Lutèce est loin de nous attendre ;

» Confiant il sommeille , il faut l'aller surprendre.

» L'impuissant ! il ne peut résister à nos coups :

» Battons-nous pour celui qui va régner pour nous ;

» Surtout n'oubliez pas que cet aimable maître

» A juré qu'avec lui le bon tems doit renaître.

» Marchez donc à la gloire , enfans de Loyola ,

» Songez que Polignac s'associe à vos armes ,

» Et si ce n'est assez pour calmer vos alarmes ,

» Que , prêts à s'avancer , les alliés sont là. »

FIN DU PREMIER CHANT.

CHANT II.

Tels, avec les frimats, du sommet des montagnes,
Comme un nuage épais, on voit les noirs corbeaux
Fondre et se disperser sur les vastes campagnes ;
Ainsi dans les cités, dans les bourgs, les hameaux,
On voit se répandant, de noirs énergumènes
Verser partout leur fiel et rallumer les haines.
Apôtres des faux dieux et sortis de leurs rangs,
L'intrigue avec l'erreur s'agitent en tout sens,
Afin de rallier à leurs desseins perfides
De crédules brebis, ou d'aveugles Séïdes ;
Et, le front prudemment dans la fange traîné,
Cachant d'un nom maudit l'altière ignominie,

Le reste encor puissant d'une secte bannie,
Reptile audacieux à sa proie obstiné,
En dépit du pays dont la loi le condamne,
Conspire sourdement à l'ombre de l'autel.
Du monarque romain cosaques en soutane,
Croisés pour tout soumettre à son sceptre cruel ;
Parmi les nations que convoite l'Eglise,
On dirait que la France est leur terre promise.

Mais séduite bientôt par leurs adroits discours
Autour d'eux se rallie une troupe insensée,
Appelant à grands cris, sur la rive pressée,
Le héros qu'Albion envoie à leur secours.
Chevalier voyageur, sur son écharpe blanche,
Pour prix de ses exploits, sa dame gravera,
Quand, vainqueur, dans Paris il se reposera,
Le glorieux surnom de *Héros de la Manche.*

Mais Bourdeau cependant, depuis trois mois admis
A régner en despote au palais de Thémis,
D'un long pouvoir rêvant l'espérance illusoire,
Dormait au bruit flatteur d'un long réquisitoire.

Car un réquisitoire, effroi des factieux,

Est aux gardes-des-sceaux ce qu'est l'encens aux dieux.

Il dormait sur la foi de son heureuse étoile;

Mais on a vu déjà tant d'étoiles filer !

Et la reine des nuits, en déployant son voile,

Naguères dans la poudre en a tant fait rouler !...

Martignac accourant, essoufflé, hors d'haleine,

Tout rouge d'un dépit qu'il dissimule à peine :

— « Allons ! de ton repos il est temps de sortir,

‹ Lui dit-il, contre nous à Mont-Rouge on conspire;

» A l'instant, un mouchard vient de m'en avertir.

» C'est à nous renverser que leur fureur aspire !

» Même, on dit qu'on a vu, poussant d'horribles cris,

» Ivres d'une espérance atroce autant que folle,

» Les clubistes cagots danser la Carmagnole.

» Dans une heure ils seront aux portes de Paris.

» Ne perdons pas de tems : que le beffroi résonne,

» Eveille nos amis, et leur apprenne à tous,

» Qu'un grand danger menace eux, le pays et nous !

» Que de leurs bataillons ce palais s'environne !

» Et contre Polignac, pour garder ces remparts,

» De Caux, nouvel Hector , contre un nouvel Achille.

» Défendra vaillamment notre dernier asile. »

A ces mots , animés du feu de ses regards ,

(O sublime pouvoir qu'exerce l'éloquence !)

Ministres chancelans , ils sentent s'éveiller ,

Dans leurs paisibles cœurs , un reste de vaillance.

D'un éclat passager , ainsi l'on voit briller ,

Lorsque les aquilons ont chassé les nuages ,

Au soleil de janvier , d'insensibles glaçons.

Mais bientôt , du poète oubliant les leçons ,

Usés par cet effort , leurs superbes courages

Dans un calme profond tombent ensevelis ,

Aux perfides discours que leur tient Portalis.

« Confrères , d'où vous vient cette terreur panique ?

» Faut-il , sans raisonner , écouter votre effroi ?

» Aux merveilleux récits de la rumeur publique

» Vous savez à quel point on doit ajouter foi !

» Comment croire , en effet , que la caste d'Ignace

» Puisse sincèrement vouloir notre disgrace !

» N'avons-nous pas acquis , pendant la session ,

» D'incontestables droits à sa reconnaissance?

» Nous avons, pour doter une noble indolence,

» D'un million d'impôts doté la nation ;

» Et transfuge prudent d'un parti qu'il renie,

» Bourdeau n'a-t-il pas fait écrouer le génie?

» Dans la France il n'est pas un pauvre petit coin

» Qui de quelque procès n'ait été le témoin.

» Ils veulent gouverner ! à de trop faibles rênes

» Pour savoir par degrés substituer des chaînes,

» Que peut d'un Polignac l'altière nullité,

» D'un Montbel, d'un Chabrol l'impopularité?

» Sans faire à nos soldats une mortelle injure,

» Pourra-t-on sans pudeur, outrageant leur drapeau,

» De leur gloire à Bourmont confier le dépôt?

» Le laurier se flétrit sur le front d'un parjure;

» Et Waterloo sera vis-à-vis des Français,

» Une tache à son nom imprimée à jamais.

» Mais nous, aucun parti de nos coups ne s'effraye,

» Et ralliant à nous ses rangs irrésolus,

» La Chambre se plaint; soit, mais le peuple nous paye.

» Tous ces grands hommes-là que feraient-ils de plus ?

» Pour chasser de nos cœurs une crainte frivole,

» Dans la salle à manger qu'illustra Peyronnet,

» Faisons dresser soudain un splendide banquet,

» Et qu'au bruit des bouchons la tristesse s'envole. »

Dociles aux conseils de ce nouveau Sinon,

Par un chagrin passé sans se laisser abattre,

Chacun se livre à table au plus doux abandon :

De Caux mange à lui seul au moins autant que quatre,

Et tandis que Bourdeau s'amuse à pérorer,

De Martignac, sans bruit, s'occupe à déterrer

Quelques petits couplets du fond de sa cervelle.

Mais déjà, dans leurs yeux, une vive étincelle

De l'Aï pétillant trahissait la chaleur,

Lorsque des cris confus, un chant triomphateur,

Au moment le plus beau viennent troubler la fête.

Martignac au balcon avance un peu la tête......

O rage, ô désespoir ! il aperçoit hélas !

Polignac triomphant !...... En foule, sous ses pas,

Par des bravos payés la canaille l'accueille ;

Et lui, marche courbé, sous un lourd porte-feuille.

De Montbel, dans ses doigts roulant un chapelet,

Pour convertir bientôt notre incrédule époque,

Apportait les écrits de Marie Alacoque .
Que déjà couramment, sans faute, il épelait.
Courvoisier, que du sort le caprice bisarre
Venait d'envelopper dans une ample simarre,
Les suivait en dansant. Colère de se voir,
De malheur en malheur, tombée en son pouvoir,
Sur sa tige d'argent, la main de la Justice
A l'entour de sa joue errant avec malice,
D'un dédaigneux soufflet semblait le menacer.

En face du palais ils viennent se placer.
Pour les complimenter et pour crier : Qu'ils vivent !
Du fond de leurs bureaux les employés arrivent.
Portalis, pour gravir les degrés du perron,
Prêtant à Polignac une main secourable :
» Venez, dit-il, venez, Excellence *incroyable;*
» Régner au nom du ciel et de lord Wellington. »

A ces mots, dans les airs, le fantôme d'Ignace
Secoua sur Paris sa hideuse besace,
Et l'on en vit tomber des fers et des bandeaux ;
La boîte de Pandore enfermait moins de maux.

Dans son repaire affreux, déjà marquant ses haines,
La Censure un instant pensa briser ses chaînes.
Plus d'un abbé reprit son teint gras et fleuri ;
Les yeux fixés au parc, plus d'une roturière
Conçut le doux espoir d'ennoblir son mari.
Maints seigneurs, reprenant leur vie aventurière,
Peuplèrent de bandits les bois et les chemins.
De la poudre exhumant d'antiques parchemins,
D'orgueilleux fainéans, à grands cris, demandèrent
Le rang qu'à leurs aïeux les armes accordèrent.
Au fond d'un vieux castel, s'éveillant à ce bruit,
La féodalité, debout sur ses tourelles,
Aux sinistres accens des oiseaux de la nuit,
En signe de triomphe ouvrit ses noires ailes.

FIN DU DEUXIÈME CHANT.

CHANT III.

Premier Conseil des Ministres.

SCÈNE PREMIÈRE.

POLIGNAC *seul, lisant le Moniteur.*

Je l'ai relu vingt fois ce charmant Moniteur !
Bon journal !... et je sais mon article par cœur.
Superbe coup d'état ! quel plaisir ! quelle fête !
Tous renversés d'emblée , et victoire complète ;

Par moi, sur Martignac le pouvoir est conquis.
Président du conseil ! allons, saute marquis !
Eh ! mais que dis-je donc ? marquis... je suis bien prince.
Bah ! de prince à marquis la différence est mince.
Et quand on est ministre, on peut bien oublier
Si l'on fût marquis, duc, baron ou chevalier.
J'ai fait mander ici tous mes autres confrères,
Et nous allons un peu nous occuper d'affaires.
Quel superbe coup-d'œil de nous voir assemblés !...
Mais ils tardent beaucoup... ça les aura troublés...
Cet humble Courvoisier, je gage qu'il s'effraie ;
Un bon chrétien, ministre ! et ce Labourdonnaie,
Quelle tête ! avec lui nous ferons de ces coups !....
En France bien long-tems on parlera de nous.
J'aime à voir Frayssinous tenir les bénéfices :
J'ai besoin d'avancer trois ou quatre novices....
Mais pour parler au tiers, ma foi, vive Montbel !
Son style est entraînant ; que d'esprit naturel !
Des malins ont soufflé qu'il ne savait pas lire :
C'est une calomnie ; au reste il sait écrire,
Et pour contresigner il ne faut rien de plus.
Chabrol.... des fossoyeurs ne sont pas superflus ;
On peut, grâce à leurs soins, ensevelir sous terre
Les erreurs que par fois les puissans peuvent faire.

On prétend que *Dumond*, *Audin* et *St-Dubois*,
Ont su que ces Messieurs se trompaient quelquefois....
Au fait, pour une erreur est-on répréhensible ?
On est homme à la fin, et comme dit la Bible,
Errarum humanè... : mais ce n'est pas cela....
Bah ! pour parler latin, Frayssinous sera là....
Du bruit, qu'est-ce ? voyons... Dieu ! le bel équipage !...
Ah ! pour des habits neufs ils font bien du tapage.

SCÈNE II.

POLIGNAC, LABOURDONNAYE, MONTBEL,
CHABROL, COURVOISIER, BOURMONT,
MANGIN.

POLIGNAC.

Quoi ! sitôt ! c'est fort bien. Messieurs, j'ai bien l'honneur...

MONTBEL.

Comment donc ! mais c'est nous....

CHABROL.

Oui, c'est nous, Monseigneur.

POLIGNAC.

Frayssinous n'est pas là ?

COURVOISIER , *les mains croisées sur sa poitrine.*

              Dans sa douce surprise ,
Il a couru soudain à la plus proche église ,
Rendre grâces au Dieu , dont les sages décrets
L'appellent au pouvoir, pour sauver les Français.
Nous pouvons commencer, à sa sainte prunelle
Le ciel révélera ce qu'on fera loin d'elle....
Qu'il prie !... Un jour sans doute il doit être martyr ;
La révolution n'est pas près de finir ! ! !

POLIGNAC , *leur faisant signe de s'asseoir autour d'une*
grande table à tapis vert.

Je vous ai demandés pour une grande affaire.

LABOURDONNAYE.

Nous savons que le prince arrive d'Angleterre....

POLIGNAC.

C'est un homme charmant que ce duc Wellington ;
Du talent , de l'esprit , surtout un joli ton....
Mais Bourmont le connaît ; ils se voyaient naguère.
Quand le monde lassé d'une trop longue guerre ,

Se ligua contre nous.... non, contre les Français,

C'est Bourmont qui du *Corse* éventa les projets ;

C'est lui qui, le premier, quitta la jeune France

Pour accourir vers nous , nous riches.... d'espérance.

Et c'est , grâces à lui , que le *Corse* entêté

Est mort sur une roche où nous l'avons jeté.

BOURMONT , *saluant:*

Monseigneur est trop bon.

POLIGNAC.

Non , je suis équitable ,

Et vous méritez bien ce qu'on vous dit d'aimable.

Mais revenons , Messieurs , au principal objet ;

Wellington m'avait dit : « On vote le budjet ,

» Dans trois jours, au plus tard, on lève la séance ,

» Et tous vos députés s'éparpillent en France.

» Le destin nous sourit ; pars , mon cher Polignac ,

» Fais voile vers Paris , renverse Martignac.

» Ce petit avocat des bords de la Garonne

» Nourrit les Portugais , quand je les *quiberonne.*

» De quel droit , s'il vous plaît , se montre-t-il humain ?

» Pars , arrive aujourd'hui , sois ministre demain ! »

J'accourus ; mais hélas ! cette Chambre fameuse

Attaquait les cumuls ; grave et méticuleuse ,

Elle jetait sur tout des regards curieux ;
Et sur les fonds secrets osant porter les yeux ,
Pour la première fois , par un effort sublime ,
Tiraillait le budjet , centime par centime.

LABOURDONNAYE.

Pour la faire avancer j'ai fait ce que j'ai pu.

MONTBEL.

Benjamin fut par moi cinq fois interrompu.
J'ai crié la clôture à chaque économie ,
Et dans l'urne fatale une boule ennemie
Tombait , pour l'écraser, sur chaque amendement.

LABOURDONNAYE.

Nous avons objecté cent fois le règlement :
Je les assassinais de la prérogative....
Nous voulions entraîner cette Chambre inactive ;
Mais l'on a trop souvent méconnu le bon droit.....

POLIGNAC.

Enfin il me fallut repasser le détroit.
Je boudais ; Wellington en frémissait de rage ;
Mais Ignace était là ; nous reprîmes courage.

Il s'est fort bien conduit; grâce à mainte menée,

A bon port aujourd'hui l'affaire est amenée.

Je suis ministre enfin !...... Ces gens-là sont charmans.

Un porte-feuille rouge..... et des émolumens

Qui me rappelleront cet antique *Grand-Livre*.....

A propos, vous savez le plan qu'il nous faut suivre.

BOURMONT, *d'un air surpris.*

Vous avez donc un plan ?...

LABOURDONNAYE.

C'était le plus pressé.

BOURMONT.

Wellington le sait-il ?

POLIGNAC.

C'est lui qui l'a tracé.

BOURMONT.

Bon ! De le lui porter il m'épargne la peine.

POLIGNAC.

Or, Messieurs, commençons : La jeunesse....

LABOURDONNAYE.

A la chaîne !

POLIGNAC.

Elle est grave ;

CHABROL.

Elle lit le *Contrat social.*

MONTBEL.

Et puis les *Droits de l'homme.*

COURVOISIER.

Ah ! c'est un bien grand mal !

POLIGNAC.

Elle est fort réfléchie.

MANGIN, *sortant comme en sursaut d'une longue médita-tion, d'un ton sinistre :*

On saura la distraire.

LABOURDONNAYE.

Serez-vous compétent, Mangin, dans cette affaire ?

MANGIN.

Laissons réimprimer le P..... L'A...
Ces livres qu'au collége on nous vendait sous main.

CHABROL.

Messieurs, nos jeunes gens ne voudront pas les lire ;
Philosophes penseurs, ils n'aiment plus à rire.
Pour s'égayer du vice ils sont trop criminels.
Parlez-leur de briser les trônes, les autels ;
Voilà dans quels desseins se forment leurs cohortes !
La révolution va frapper à nos portes ;
Je la vois... elle vient, prête à nous engloutir !....

COURVOISIER, *se signant*

Mon Dieu, pour l'arrêter, permets-moi de mourir !

(*Une pause.*)

POLIGNAC.

L'instruction, je crois, est une chose grave.
Pensez-vous qu'on y doive apporter quelqu'entrave ?
La droite sur ce point voulait la liberté......
N'est-on pas mécontent de l'Université ?

MONTBEL.

Au père Loriquet je donne les colléges.

POLIGNAC.

Les livres........

MANGIN.

Imprimés avec des priviléges.

LABOURDONNAYE.

Et l'on coupe la tête à tout contrevenant.

POLIGNAC.

Non, soyons modérés, du moins en commençant ;
Wellington me l'a dit.

BOURMONT.

Si Wellington l'ordonne.....

MANGIN.

Nous sommes assez forts pour n'écouter personne.

LABOURDONNAYE.

Oui, nous sommes puissans,

BOURMONT.

Et surtout estimés.

CHABROL.

Encor quelque *huit Juin*, et nous serons aimés.

POLIGNAC.

Eh bien ! peine de mort !!

MANGIN.

C'est la seule ressource.

CHABROL.

Nous devons arrêter le torrent à sa source.

POLIGNAC.

Il faudra préparer un bon projet de loi.

MONTBEL.

Deux articles, pas plus ; mais ils seront de moi.

COURVOISIER.

La *rigueur salutaire* est quelquefois utile.....

LABOURDONNAYE *à part*.

Nous les amènerons à mes trente-sept mille.

POLIGNAC.

Maintenant, les journaux, Messieurs, qu'en dites-vous ?

LABOURDONNAYE.

Les journaux ! point.

MONTBEL.

Non, point ! ils tonnent contre nous.

COURVOISIER.

Ils vont dans les hameaux répandre le scandale ;
Ils insultent le ciel, outragent la morale.

3

N'ont-ils pas sur Mingrat débité mille horreurs,
Et de Contrafatto révélé les erreurs ?
Quand un prêtre, entraîné par un louable zèle,
Refuse une prière aux cendres d'un rebelle,

BOURMONT.

A l'un de ces brigands que l'on nomme héros,
Pour avoir sur la Loire arboré leurs drapeaux ;

MONTBEL.

A ces prêtres menteurs, qui, chrétiens sans courage,
Par un serment impie ont conjuré l'orage ;

COURVOISIER.

Alors, entendez-vous leurs cris séditieux
Invectiver le prêtre en invoquant les cieux?
C'est l'incrédulité prêchant la tolérance ;
C'est le crime enhardi commandant la clémence !

\ MANGIN.

N'ont-ils pas dénigré, ces lâches gazetiers !
Ces mots si naturels que je dis à Poitiers.

CHABROL.

N'ont-ils pas de Lyon évoqué les victimes?
Les erreurs des Prévôts sont-elles donc mes crimes?...

LABOURDONNAYE.

Et moi, pour m'attaquer, ont-ils pris des détours?
Ils ont d'une autre époque exhumé les discours;
Mes plans sont dévoilés, ma conduite est prévue.

BOURMONT.

Et moi donc, s'il vous plaît, je suis une bévue.

MONTBEL.

Une bévue! Ah non, ils ont dit une erreur;
Je l'ai lu, c'est moins fort.

BOURMONT.

C'est qu'ils auront eu peur.

LABOURDONNAYE.

Ainsi point de journaux!..

COURVOISIER.

Pas même la Gazette,
Je l'ai surprise un jour faisant la girouette.

CHABROL.

Un peuple sans journaux n'en est que plus heureux.

MONTBEL.

Lorsqu'on ne sait pas lire on se porte bien mieux.

POLIGNAC.

Voilà deux ou trois points réglés avec sagesse ;
Laissons l'intérieur et venons à la Grèce :
Nous reprendrons plus tard , dans nos discussions ,
Les lois sur les jurés et les élections.
Dans la cause des Grecs , Messieurs , qu'allons-nous faire?
Faudra-t-il imiter ce triste ministère
Qui payait leurs soldats, rachetait leurs enfans,
Et de leurs châteaux forts chassait les Musulmans ?
Nos bataillons encore occupent la Morée.
Mais déjà leur retraite est par nous assurée.

CHABROL.

Nous avons chez les Grecs placé des capitaux ,
Assurons notre dette , en gardant leurs châteaux.

COURVOISIER.

Y pensez-vous, Chabrol ? ces damnés schismatiques
Pourraient scandaliser nos soldats catholiques ;
Leur salut avant tout.

CHABROL.

Oui.... leur salut, c'est bien...
Mais en gouvernement notre argent n'est-il rien?

LABOURDONNAYE.

Mais perdez-vous l'esprit?

MANGIN.

Ah! quelle erreur grossière!

COURVOISIER.

Seigneur, ouvre ses yeux à ta sainte lumière!

CHABROL.

Recouvrer son argent me paraît fort sensé.

MONTBEL À BOURMONT.

Ah! ce pauvre Chabrol! il n'est pas avancé...

BOURMONT.

Quoi! vous, ancien préfet, vous ignorez qu'en France
Un parti gagne tout à perdre une créance.
Vous ne comprenez pas qu'avec quelques louis,
Nous coupons la parole à tous nos ennemis.

Une perte semblable est un coup de fortune;
La triste vérité luit et nous importune.
Le parti libéral nous frappe tous les jours,
Nous accable de faits, nous poursuit de discours;
Quand nous aurons perdu, par quelque tour d'adresse,
Quinze ou vingt millions que nous devra la Grèce,
Nous fermerons la bouche à deux cents députés,
A tout ce côté gauche, ami des libertés;
Nous réclameront-ils notre dette d'Espagne?
Nous leur rappellerons cette belle campagne;
S'ils parlent *espagnol*, nous leur répondrons *grec*....

MONTBEL.

Morbleu! moi, je m'en charge et je parlerai sec.

POLIGNAC.

C'est conclu : que la Grèce avec Mahmoud s'arrange.

MANGIN.

Venons au Portugal.

POLIGNAC.

C'est une belle orange;
Wellington la convoite et la laisse mûrir.

BOURMONT.

Par politesse au duc si nous allions l'offrir.

CHABROL.

Eh ! mon ami, sans vous il saura bien la prendre.

BOURMONT.

Ce diable de Rigny se fait long-temps attendre.

LABOURDONNAYE.

Les journaux ennemis gênent sa liberté ;
Rigny refusera par popularité ;
Le mot est bon !

MANGIN.

Rigny se croit un personnage,
Parce qu'à Navarin il fit quelque tapage.

BOURMONT.

Il a battu les Turcs, grâce aux vaisseaux anglais.

POLIGNAC.

Messieurs, nous attendons le préfet Bordelais.
De Rigny qui refuse il vient prendre la place.

COURVOISIER.

Sur ce nouvel élu, mon Dieu, répands ta grâce.

POLIGNAC.

Mais j'entends quelque bruit ; est-ce lui que je voi ?

SCÈNE III.

LES MÊMES, D'HAUSSEZ.

Oui, Messieurs, c'est d'Haussez; oui, mes amis, c'est moi,
Me voilà: quand j'ai vu les choses si pressées,
J'ai quitté sur le champ les ponts et les chaussées;
Mais la plume à l'oreille et le mètre à la main,
J'ai, même en accourant, inspecté le chemin;
Les pavés sont fort bons et je conçois sans peine,
Qu'on puisse aller très-loin, au train dont on nous mène.
Nous sommes partis deux, il est vrai, sans nous voir,
Mais tous les deux pressés d'arriver au pouvoir;
Il quittait la Néva, je quittais la Garonne.
Nous nous ressemblons fort, je parle, lui canonne;
On criait près de nous: La Charte! les Balkans!
Et nous pressions nos pas! tous deux en même tems,
Nous arrivons enfin, pour effrayer la terre,
Nicolas au sérail, d'Haussez au ministère!

TOUS.

Nicolas au sérail!

D'HAUSSEZ.

Vous en êtes surpris ?

TOUS.

Vous êtes dans l'erreur.

D'HAUSSEZ.

Constantinople est pris.

POLIGNAC.

Et le cousin Mahmoud ?

D'HAUSSEZ.

Refoulé sur l'Asie.

CHABROL.

Verrons-nous, sans bouger, s'agrandir la Russie ?

LABOURDONNAYE, *mécontent.*

Défaites-vous, mon cher, de ces mouvemens-là ;
Vous nous compromettez.

CHABROL.

Le peuple....

MANGIN.

Ah ! vous voilà....

Toujours ce mot de peuple.... Il est donc bien à craindre
Ce peuple tant prôné ? Qu'il ose donc se plaindre,
Et je baillonnerai les plus audacieux !

CHABROL.

Il voit avec regret....

POLIGNAC.

Eh ! qu'il ferme les yeux.

CHABROL.

Le gain de nos voisins appauvrit la patrie.

COURVOISIER, *avec bénignité*.

Faut-il sur le prochain jeter un œil d'envie ?

POLIGNAC.

Que ce peuple orgueilleux, plus soumis aujourd'hui,
Laisse marcher l'Europe, et s'occupe de lui ;
Que lui font les Prussiens, les Turcs et l'Angleterre ?
Est-il né, s'il vous plaît, pour gouverner la terre ?
Je veux le voir un jour vivre heureux et content,
Chapon bien engraissé sur le fumier d'un grand ;
On l'appellera sot, velche, peuple imbécille ;
Qu'importent ces noms-là, s'il peut dormir tranquille ;

S'éveiller, le matin, pour observer nos lois,
Et travailler, le jour, pour payer nos emplois?

BOURMONT.

Plus heureux, mille fois, que ne furent leurs pères,
Ils verront par nos soins briller des jours prospères;
Tous les fils de vilains pourront être sergens.

MANGIN.

S'ils se plaignaient encore, ils seraient exigeans.

COURVOISIER.

S'ils chantent au lutrin, nous porterons la crosse;
S'ils ont des tombereaux, nous aurons le carrosse;

MONTBEL.

En échange de biens nous serons généreux :
S'ils travaillent pour nous, nous penserons pour eux.

LABOURDONNAYE, *se levant.*

Venez suivre ce plan et si juste et si sage;
Et malheur aux Français mécontens du partage!
Sur eux, comme jadis en des momens plus beaux,
J'appellerai la MORT, LES FERS ET LES BOURREAUX!!!

(*Tous les Ministres se lèvent et se dirigent vers la porte.*)

SCÈNE IV.

Les mêmes, L'OMBRE DE LA LIBERTÉ.

LA LIBERTÉ.

Ministres, arrêtez!! quoi, vous cherchez vos armes....
Quand je vous tends la main, bannissez vos alarmes;
Je suis la Liberté, j'ai le crime en horreur;
La licence jamais ne m'appela sa sœur;
Je suis la Liberté, mais prudente et fidelle;
Seul appui de la loi, je ne vis que par elle.
Vieille d'expérience, et jeune de printems,
J'ai su mettre à profit quelques leçons du tems;
J'ai sur la tolérance établi mon empire:
Vainement contre nous un ennemi conspire,
De son manteau de pourpre il n'a plus qu'un lambeau;
L'absolutisme est vieux; j'ai creusé son tombeau.
Il a déjà quitté notre France nouvelle
Aux rayons d'un soleil que j'allumai pour elle.

Voulez-vous, avec moi, balancer vos pouvoirs ?

Voulez-vous partager nos droits et nos devoirs ?

Voulez-vous respecter les biens de la patrie ?

Prenez place avec nous ; sa voix déjà vous crie :

« Revenez franchement, enfans trop malheureux ;

» On me peignit à vous d'un pinceau trop hideux ;

» On me calomnia, ma douleur fut amère ;

» On égarait vos pas, mais je suis votre mère ;

» Revenez, et mon cœur est prêt à vous chérir ;

» Profitons du passé pour faire l'avenir ;

» Sans chercher vos drapeaux je paierai vos services ;

» Pour prix de mon amour et de mes sacrifices,

» Rappelez-vous qu'un jour, j'ai reçu dans mes mains

» LA CHARTE DE LOUIS ET LES SERMENS DE REIMS. »

Ministres, répondez à la France incertaine ;

A ses offres d'amour préférez-vous sa haine ?

Voulez-vous essayer de détruire nos lois,

Fouler nos libertés, nous arracher nos droits ?

Malheureux ! repoussez une folle espérance ;

Enfans d'un autre siècle, hommes d'une autre France,

Revenans d'un autre âge, étrangers parmi nous,

Que venez-vous chercher ? ON NE VEUT PAS DE VOUS.

Aveugles ! déchirez les pages de l'histoire :

Dans leurs fastes sanglans, les filles de mémoire

N'ont-elles pas gravé les leçons du malheur ?

Ce n'est donc rien pour vous , que vingt ans de douleur ?

La France veut des lois , elle hait l'esclavage.

Contre la liberté , son plus bel héritage ,

Gardez-vous d'essayer un dernier attentat....

LES PEUPLES , QUELQUEFOIS , ONT EU LEURS COUPS D'ÉTAT.

FIN DU TROISIÈME ET DERNIER CHANT.

LYON, IMPRIMERIE DE D.-L. AYNÉ , RUE DE L'ARCHEVÊCHÉ.

www.ingramcontent.com/pod-product-compliance
Lightning Source LLC
Chambersburg PA
CBHW061703180626
46818CB00003B/1241